只此山水

安澜 ◎ 著

陕西新华出版
太白文艺出版社·西安

图书在版编目（CIP）数据

只此山水／安澜著 . - - 西安：太白文艺出版社，2023.9
 ISBN 978-7-5513-2450-2

Ⅰ.①只… Ⅱ.①安… Ⅲ.①诗集-中国-当代 Ⅳ.①I227

中国国家版本馆 CIP 数据核字（2023）第 168214 号

只此山水
ZHICI SHANSHUI

作　　者	安　澜
责任编辑	曹　甜
封面设计	徐义松
版式设计	书香力扬
出版发行	太白文艺出版社
经　　销	新华书店
印　　刷	四川科德彩色数码科技有限公司
开　　本	880mm×1230mm　1/32
字　　数	70 千字
印　　张	5.875
版　　次	2023 年 9 月第 1 版
印　　次	2023 年 9 月第 1 次印刷
书　　号	ISBN 978-7-5513-2450-2
定　　价	48.00 元

版权所有　翻印必究
如有印装质量问题，可寄出版社印制部调换
联系电话：029-81206800
出版社地址：西安市曲江新区登高路 1388 号（邮编：710061）
营销中心电话：029-87277748　029-87217872

你好,潜山市!

你好,潜山市!
今天属于你。每一个发自肺腑的声音
都有心跳的节奏,欣喜脱口而出
日出的心情,与你的名字一样明亮而美好

照亮一个个期待的日子,照亮前程
八月的风,散发成熟的气息
从枝头,漫向云蒸霞蔚的天空
所有的想象,从此有了翅膀

天柱山头戴峨冠,神定气和
吐纳风云,吐纳天地万象
一块巨石的隐喻,一柱擎天的昭示
这永恒的神祇,让我们世代朝圣

今天,我们和你的名字紧紧连在一起

接受时间的馈赠，打开历史的窖藏
时间的醇香，从薛家岗
一直渗进我们的骨髓里

沿皖公足印，我们一路走来
走过府州郡县，舒王台上的月光
澄澈内心瓦蓝的愿望
像潜水和皖河一样，光阴有声有色

两岸有黄梅歌声，流水读懂了炊烟
晴川历历，芳草萋萋
活在你的名字里
万物都有你的体温，触手可及
包括一切的流逝和存在，包括苦与乐

所有的今天属于你。即将到来的
一切都是新的，山水旖旎，田园怡静
值得我们用生命歌唱，祝福你：
你——好，潜——山——市！

目 录

Contents

第一辑　皖城：时间的启示

钟爱　／　002

梅园　／　004

回望香樟　／　006

天宁寨（一）　／　008

天宁寨（二）　／　010

天宁寨小院　／　013

舒台夜月　／　015

二乔公园（一）：楼台依旧　／　018

二乔公园（二）：一直在故乡　／　020

二乔公园（三）：东风阙　／　021

秋天，魂兮归来　／　023

唯有幽静闪耀光芒　／　024

秋萤的流光　／　025

端详雪湖	/	026
雨中看荷	/	027
雪湖夕照	/	028
给雪湖做些备份	/	029
初冬,雪湖只剩下湖水了	/	030
雪湖公园	/	031
公园一隅	/	033
给梅河命名的人	/	034
在旧居看桂花	/	035

第二辑　皖山：曲折的回声

天柱山	/	038
途经神秘谷	/	040
遥望莲花峰	/	042
飞来石	/	043
天柱云海	/	044
炼丹湖	/	045
山谷流泉	/	047
摩崖石刻	/	048
在山谷流泉读诗	/	049
觉寂塔	/	050
白马潭漂流	/	051
天柱山大峡谷	/	052

相约天柱山梅园	/	054
梅树下	/	055
天柱山露营地	/	056
金紫山	/	058
香山寺	/	060
龙山顶上的阳光	/	062
昆仑寨	/	063
白水湾栈桥	/	064

第三辑 皖河：流失的存在

西河随想	/	068
回到西河	/	070
西河黄昏	/	071
在西河左岸	/	072
五月的西河	/	073
漫步潜水河	/	075
在潜河	/	077
白水湾	/	078
独听神龙瀑	/	079
吴塘晓渡	/	081
西津渡	/	082
走近皖河	/	084
午后，一个人的皖河	/	085

皖河滩涂上的黄昏 / 086

徒步皖河 / 087

乌石堰 / 089

龙潭河 / 090

双河口 / 092

黄柏河 / 094

撞水潭 / 095

第四辑　皖村：完整的瞬间

薛家岗古文化遗址 / 098

痘姆陶 / 099

陶者 / 100

程长庚故居 / 102

张恨水故居（一） / 104

张恨水故居（二） / 105

张恨水故居（三） / 107

黄土岭 / 108

梦水亭 / 109

走进野寨中学 / 110

浒山湖 / 112

长春湖 / 113

马安水库 / 114

板仓笔记（一）：夜宿板仓 / 115

板仓笔记（二）：听溪亭 / 116

板仓笔记（三）：东仓绝壁 / 117

板仓笔记（四）：香果树瀑布 / 118

板仓笔记（五）：红河谷 / 119

德馨庄 / 120

杨家老屋 / 122

古戏楼 / 124

万亩竹海 / 126

占庄老屋 / 128

高楼大屋 / 130

葛家老屋 / 131

洪庄老屋 / 132

黄泥港 / 134

营盘巷 / 135

那些木板门的店铺 / 136

五庙茶园行 / 137

程冲古银杏 / 138

弹腔亭 / 139

潘铺农庄 / 140

海心谷 / 142

雾中登高 / 144

天方慢庄 / 146

卧佛农庄 / 147

初到阅山居	/	148
又到阅山居	/	149
槎水慢	/	151
槎水古银杏	/	153
永镇桥	/	154
天镜佳园：爱情居住的地方	/	156
卧龙山庄	/	157
痘姆，初见亦是故人	/	158
仙驾一小时	/	160
在痘姆看油菜花	/	162
官庄桃花园	/	163
天柱山茶园	/	164
水吼程湾行：还来就菊花	/	165
印象西河村	/	166
到程湾采菊	/	168
黄柏乡村速写	/	169
黄昏的松树下	/	170
今天，故乡正深情以待	/	172

第一辑

皖城：时间的启示

钟爱

老家来信：香樟为市树
梅花为市花
白纸黑字，这个冬天为之一亮

要经历多少流年的转折，才发现
我们钟爱的事物
一直都在生活的现场

窗前，一棵香樟与我对视
似有皖河的水声，向我涌来
我忘记漂泊了半生

风吹绿了香樟，也吹开了梅花
该下雪了，我将在某个黄昏
回到我们的皖城

我们结伴而行，再看看那些香樟
看半城山色，一城花开
说一生的钟爱，我们不敢辜负

梅园

打开风,就是流淌的芳香
穿过内心的栅栏
一条河流絮叨幸福

洗濯霜雪和俗尘
红色的火焰,在枝头战栗
摇落风中轻寒,燃烧经年寂寞

一次盛大的绽放
照亮旷世
让雪的内心蓄满泪水

流云北上,群峰逶迤
珍藏两百亩花香
不负梅的芳信

往事不动声色。一片花瓣落下来
是谁在临风抚琴?
歌声已飘向远方,飘过空谷

回声也是纯洁的
把灵魂留下
吻尽,冰与火

回望香樟

冬天只剩下寒
万物萧萧,让我一再回望的是
那些香樟的绿,经久不衰

天宁寨是宁静的。香樟树下
那个年轻的通判走了千年
留下的那轮明月,还照在读书台上

也是在香樟树下
一曲箜篌唤起更远的记忆
孔雀东南飞,一直还在徘徊

黄土岭就在不远处
那个青衫少年,站在门前
香樟的浓荫,收留了他跌宕的章回

走在西河岸上,我将消失在
香樟更深的幽暗里
终在未来的回望里,随风摇曳

天宁寨（一）

　　山寨常见，城中建寨鲜见。此处为州郡府县治所近千年，现为中共潜山市委所在地。此寨名曰：天宁寨。于我看来，可为"潜山第一寨"。

——题记

城中高地，四合院端坐中央
揽尽八面来风，轻拂一隅葱茏

点将台，营寨，铁马秋风
打开一扇窗，远去的，犹在眼前

于无声处。运筹帷幄的人
有用不完的锦囊

时间从未停滞。从院子走出来
可以到庙堂，也可以到江湖

叨念天下的天,安宁的宁

若有若无的喧嚣,落在浓郁的影子里

天宁寨（二）

1

古寨建于东汉，缘自战火
叱咤风云的人走了
还有运筹帷幄的人坐在这里
点兵点将，有着相似的古今

2

一个大文人爱上这里
月下看书，吟诗，写字
一生的才华，折服一个王朝
但终究还是，消失于
北宋另一场战争

3

发生在古寨的故事很多

而且故事会不断更新

但相同的是,无人在此喧哗

尽管他们内心没有平静过

4

对古寨的描述,也有很多

史学家说,这里人文历史厚重

退役军人说,这里曾经是兵营

旅游专家说,这里是环境幽雅的景区

画师说,远看这里,像一颗思想者的头颅

5

我来这里,是为小院的静

站在廊道看院中草木

它们不在乎雨中的寒意

此时已是初冬了,还是一副从容的样子

接受风,甩脱依附在身上的枯叶

决绝虚伪的繁华

6

此时，一定有苔藓生于青墙上
生出古典的气息，让我片刻处于
久违的意境，像一滴雨
遇见苔藓，让心一稳再稳

天宁寨小院

小院的静,还在静下去
静到秦砖汉瓦里
静到春天的根系里

倾泻在树梢的阳光,落下来
也有清脆的响声,顺势拽下一两声鸟鸣
一阕慢词回到最初的现场

主人不在。我混入其中
试图与一棵树达成默契
坐在风中,翻阅时间的叶片

一片落叶的归处,宽大如席
往深处走,会遇见前朝一场飘雪
庭院的深浅,被覆盖

唯有草木干净得极致

我仿佛都是多余的

如果主人在，我想也是

舒台夜月

舒王台清幽雅致。王安石任舒州通判期间,每夜必登此台读书。有诗云:荆公读书处,夜月生辉光。

——题记

1

提着星星
随一场月光回到北宋

树林收起鸟鸣
月光静静的
舒王台就是一个人的世界

打开线装书
月光流进竖排的文字里
像溪流,明亮内心

2

一切在静谧中
暗自生长

路也是,起自内心
由狭窄向空旷处生长

夜的亮度,适合失眠者
手刃顽固的黑

3

新故相交
静谧中,思想开花

4

月光依旧皓洁
像一面镜子
照见一些颓废的事物

舒王台已是遗址

碑石还在,等候

一个面碑而立的人

二乔公园（一）：楼台依旧

公园开园了，主角早已离去
唯有楼台依旧伸着翘檐
时间的指针
指向汉时的天空

硝烟也早已淡淡散去
沙场上飞扬的尘土
静于史书的黑白

时空旷远
又如此真切
在我走进庭院的时候

秋水阑珊处，胭脂一样的女子
打开窗格
一凝眸就是千年

而我

无法说出我的想象

二乔公园（二）：一直在故乡

风从东吴来，登陆北岸
黄鹂鸣啭一川烟雨
我在春天的楼台
听远处的惊涛拍岸

管弦之上，阳光轻轻滑过
眸里闪过刀锋
闪过一匹马的末路

我一直在故乡
山水无恙
应是朱颜未改
在一滴露水里，聆听清音

二乔公园（三）：东风阙

灯光坐在夜色中间
想久远的故事
东风还在路上，故人站在江岸
洪流滔滔，从来没有停止过

在周郎阁，我倚着栏杆
看灯光稳住吹来的风
人影始终在穿梭
石径在故事的情节之外

公园之夜，一切趋于安静
这很适合想象和怀古
纵使不遇东风，那个青年雄姿依旧
踏破夜色，与心爱的人同台抚琴

轻轻拨动丝弦，雨水纷落

我不问故人

不问拍岸的惊涛

何处是末路，何处是归途

秋天,魂兮归来

——张恨水墓园落成典礼

再次拥吻故土,菊花开了
时间,和曾经漂泊的梦
弥漫芳香

再次回望
已是一个多世纪的沧桑
皖河悠悠,浸湿过多少晨光暮色

三千万言
存留炊烟的温度
氤氲在黑夜的素笺里

魂兮归来。林花谢了春红
一颗心未曾走远
天柱松涛,一直拍打黄土屋的平仄

唯有幽静闪耀光芒

——祭扫张恨水墓园

足音纷沓而来。三月的花
渐次绽放在你的安详里
春天高高在上，风穿过风
如水的光阴轻轻滑过

山峦，海涛般起伏
那年的月光，雪花一样凌乱
打开窗子，就是你孤独的章回
漂泊一生的火焰与河水

尘世还在。倾听浅而脆的清响
从未停止过衷情的渗透
再次走近你，阅读清明
唯有幽静，闪耀古铜色的光芒

秋萤的流光

——张恨水纪念馆开馆仪式

停下所有的奔突。七月的阳光
矢志不渝,洞开汗孔
在体内种植
一场浩大的宁静

风花雪月的日子
寂寞如废墟。烽火之后
寻回失守的家园
依山傍水而居,升起炊烟

河流穿过梦境。一条路还在延伸
江山辽阔,忽略落日和月影
秋萤飞舞的流光
让我肃然起敬

端详雪湖

我把半日时光交给雪湖
连同这风声
还有一树鸟鸣

天空有多高
湖水就有多深
比湖水更深的静,动人心魄

端详湖水,树影照亮了天光
我找回自己的影子
并守住内心

雨中看荷

微雨有些迷蒙

透过缝隙,视线延伸

你在湖边看开放的荷

风游走在花叶之间

雨点轻微,像是动了恻隐之心

你干净的目光,停在花瓣上

多少光阴飞逝

你并无察觉,或不愿留意

在雨中,你长久地站着

遗世独立

寂静如此简单

一场空旷那么近,那么远

雪湖夕照

对面是城堡，更远处是山
山那边还是山，夜色正弥漫过来
湖水平静
仿佛不曾心动过

伫立风中
我与夕阳分守两岸
湖藏起最后一抹暗红
素净的脸，像盛开的白莲

最后的光芒
把水岸上的我，雕刻成一棵树
远山像漂移的孤岛
等待众生上岸

给雪湖做些备份

只静默
往返于喧闹和宁静的分行处
杨树林,灌木丛,散漫的青草
水墨未干的写意,纷纷闪亮

微漾的水波牵动夕阳
挖掘机在轰鸣,新鲜的废墟
近在眼前,打破与重构
多像一首诗的诞生

我到雪湖越加频繁了
但不纠结,只想做些备份
供来日反刍迁徙的岁月
瞧,暮色又缝合了昼与夜的间隙

初冬,雪湖只剩下湖水了

莲叶绿在那首唐诗里
连着盛世的天空
一场花事已逝
采莲人早已踏歌而去

除了两棵树之间的藤蔓
还在纠结前朝的繁华

只剩下湖水了
淡到极致,足以让夕阳付出
全部的热爱,一颗琥珀之心

雪湖公园

开园在即,我还是想先睹为快
完全不一样的敞亮
石径与水岸,流畅的姿势
给我更为开阔的视野

莲叶贴于湖面
年轻的绿,与鹭鸟飞起的白
闪进雪湖的深瞳里
泛起涟漪,像我内心的清欢

美人蕉,邻岸的野菊
并不似我迫切,安静地开放
只是在我路过时
在不经意间,多看了我一眼

这里适合缓慢的事物

走上石拱桥

这个早晨愈发空旷

我和过往的风,各得其所

公园一隅

我沉浸孤独时
感到灯光都是喧闹的

坐在湖岸一隅
那么多的人影穿梭于光影

我不想看清什么,只是用手指抚摸
身边的石头,有着嶙峋的轮廓

很像我经常用食指,仿照书法视频
在大拇指头上练习一段心经

我的眼前空无一人
灯影消失,我还赖坐在石上

任湖中两三点星光
照亮我,和身后的树影

给梅河命名的人

不必在意梅河有梅无梅
有这个名字就好
梅花和河流,一切诗意的存在
都值得我钟爱一生

给梅河命名的人,一定像这梅河
有着谦谦君子的风度
他的内心能绽放梅
年轻的流水,犹如他思想的光芒

给梅河命名的人,一定走在岸上
只是我还没有遇见
许我一份念想
在时间的留白里,相向而行

在旧居看桂花

寒意催开桂花
清香流淌,缓慢而自在
这些桂树站立的姿势,稳住了
我投向枝头的目光

老街不久就要拆除了
阳光照在旧居的平台上
我沉默以对
在时间的意料之外

桂花随风飘落,那么小
细如谷粒,多像我活过的日子
这熟稔的香气
正流进老街的幽深里

我在树下站立良久

一朵朵桂花,落在我身上
如果没有不息的风,我的身体
将开满桂花,可以不问去向

第二辑

皖山：曲折的回声

天柱山

向一座山靠近,有多难
身边这棵松树知道

石径曲折向上
一些美好的事物,像云海中
起伏的山峦
没有舟楫可以横渡

前面,太多的深渊
在阳光下看起来很妩媚
我稳不住视线
在这凌空的高处

顶天立地,石壁上四个大字
在我注视的对面
不断放大,很耀眼的血性

在转身的时候

我还想一望再望

途经神秘谷

巨石垒成的黑
像一座山的身世
与昼夜无关,与冬天无关

神秘
存在于神秘里
与肉眼无关

事实摆在面前
必须穿过这段黑
才能看到亮丽的风景

有个出口在等待你
这让我想起爱,想起诗歌
想起昨夜涌入窗口的月光

我相信,那一道光
会照向我,也照彻
我肉眼看不见的神秘

遥望莲花峰

云雾缥缈
山峰高举一枝青莲
直指苍穹,不偏不倚
有着惊世骇俗的美

隐约有幽香弥漫开来
从时间的表面
漫进巨石的内心

面对山峰,向一枝青莲问好
问候沧海桑田
问候每一次绽放

或许,我更应该坐下来
像月色坐进荷塘里
在尘世的低处
坐成莲花峰的样子

飞来石

是一颗星的陨落
还是一次勇敢的攀登

时间,阳光和雨水
静默于山峦,还有远古的风
驻足栖息,与你相伴

沧桑写进分明的脉络
留下惊叹和沉思
一切有惊无险
无可挑剔得恰到好处

思想一旦具有了高度
陨落与攀登,都成了风景

天柱云海

苍穹之下,与草木为伴
我立成天柱孤绝的一部分
云海磅礴涌来
浩渺,可以穷尽一生的想象

我渺小,万物渺小
世间的欢喜渺小,悲苦渺小
一切可以忽略自身的存在
随万顷孤独一起沉浮

我终将回到生命的来处
在莲花盛开的地方
接受时间的恩典
让自己渺小到虚无

炼丹湖

雪花此去经年
暴雨在身后
气温牵扯我们的身体

风月无边的日子
你静若处子,保持一贯的矜持
从未说出苍凉

把一座山的倒影
写成行云流水,把热烈的事物
画成一颗冰心,装进时间的玉壶

当最后一点星光消失,你是我看见的
唯一的光源,我在梦里
退出拥挤的码头,一步步向你靠近

总有一条路通向幽深
尘世尚有美好之处
像你一样的湖光山色

山谷流泉

一束光线下来
山谷便有了明亮和幽深

从一片树叶的心跳开始
风刚刚吹过
静也葱茏

清泉跌宕,起起落落
开出时间的花朵
如果你倾听

坐在泉边,一朵水花打来
溅到额头的,是尘世
微凉的安静

摩崖石刻

溪水婉转激越
空谷幽深，俗尘渐渐远去
石壁陡峭中青藤蔓延

泉水香醇似酒
对花浅酌，醉卧成一尊化石
牧笛唤不醒梦境

追慕者坐石忘归
聆听风雨
写千年心迹

在山谷流泉读诗

久旱。只是暂时不见泉水
石上水痕还在,时光在潺湲
发出青苔生长的声音

一棵年轻的树
阳光斑驳的影子落在肩上
轻微地晃动,你看到了生动的叶子

你诵读的诗句
回到干净的树枝上
天更高了,一切事物之光
让你身处的幽静,更加通透

草木潮湿的气息,漫向你
不需要叙述风中微凉
在这白露日,你和忘归的人
成为幽谷中的光点

觉寂塔

月光顺着塔尖倾泻
触动风铃,千年的歌唱和叹息
宛如潮水的起落
与夜色一起,对话苍茫

夜莺划过大地的孤寂
一朵花曾经开放
轰轰烈烈
焰火明闪在远处的角落

水依然流淌
波光生辉
塔顶与峰巅矗起信仰

白马潭漂流

青山逶迤。皖河舞动水袖
十里水声与高天对歌
山花的气息
在河谷跌宕,透彻肺腑

逆流而上。浪花激越不已
那么多的石头向上攒动
迎合微妙的错觉
一切都动感地存在

不进则退,竹筏有最好的角度
高亢的山歌
唱红云彩

在曲折中潆洄,顺流而下
一条河走向低处,像日子一样
落入时光的深潭

天柱山大峡谷

你带我进的峡谷
栈道将我们引入幽深
来自云端的瀑布,一条陡立的
河流,生动了周围的寂静

山的顶端,光芒照亮草木
深处的影子,山花安静开放
开到你的额际
像是从你的身体里开出的

黑蝴蝶,飞过长满青苔的峭岩
停在发丝上
我惊奇它的附着力
竟然站了那么久,那么稳妥

倾听流水,和水一起感受落差

从谷口到谷底的激越

荡开的静潭

显出草木的葳蕤之心

相约天柱山梅园

幸好,错过一场雪之后
我没错过梅的盛典

与一株梅比肩而邻
沐浴美丽的光芒
薄寒的风里,我听见早春的心跳

不再潦倒,我伸出双手
像梅的铁骨一样
再次接受寒彻的命运

画梅者,在纸上种梅
内心暗香浮动
梅花开了,晕出时间的影子

梅树下

选择山坡的最低处
坐在梅树下
任由花香淹没过往的寂寥

谁在枝头点燃红烛
代替心动
经历一段最美的年华

凝视，落在掌心上的花瓣
一缕香魂
洞穿物质空间

红尘之外，一个人的江山
越过轮回
归依梅的初心

天柱山露营地

从尘嚣里抽身,把一段时光交给石径
山冈完美的坡度,在曲水中抒情
冷峻的风,到了这里也放慢了脚步
更大的宁静向我的身体聚拢,由外入内

时已冬至。那些乔木并不相信宿命
一片叶子黄了,落下来,还有残缺的美
卷曲一身孤独,一身的白霜
被昨夜的星光照得发亮,而不失怀念的温度

凝视这方清池,想起时间里的波光
那只停留在袖口上的蝴蝶
没等我问出它的名字,就隐入三月花海
小木屋的风铃声,晃动窗格上的雕花

阳光照在蒙古包上。漂泊的人回来了

坐在草地上,吹起竹笛,应和着溪水声
把城市抛在身后,草地辽阔起来
群山逶迤,天一直蓝着,像望见的乡愁

在露营地,房车将抵达每一个风景路口
我心无旁骛,只想静守这梦中故园
做干净的草木
把一生芳华,交付山水

金紫山

一座山的前世,渡海的帆
恪守内心的慈航
当沧海已退尽最后的潮汐

只有云海还在缥缈
万千峰峦之上,浮动的影子
沉入空谷,苔藓一样静寂

金紫山深谙风声的寓意
抬高自己的海拔,让出溪涧、鸟鸣
让出度生桥

"美好的事物都有洁净的回音"
不说百世孤独,在响鼓墩
轻轻一敲,磐石发出丝竹之声

万佛松立在故乡的高处

读人间苍茫,阳光照在流泉上

万物见到澄明之心

香山寺

到香山寺,须走山路十八弯
其实,每一弯都是相同的转向
那么多不明身份的人
看上去,仿佛有着相同的表情

左边的峡谷很深,右边是斜坡
石阶梯次向上,八十一级
不多不少,上面的寺门敞开着
望石阶上行走的肉身

列坐大殿的佛,也观人心万象
但终究是一言不发
穿过佛堂的影子,进进出出
一炷香的时间,很短,也很长

一万个名字活在大钟里

金属能发出不同凡响的声音

在玉屏青嶂之间，回荡

香山湖依旧水平如镜

龙山顶上的阳光

看不到日出。阳光照在峰顶上
一寸寸向下铺展,铺展到我脚下的时候
今天已是中年,如果把每天都看作
一个完整的人生

阳光铺展到哪里,哪里就有一条
明与暗的界线,平行下移
它们仿佛不在同一水平面上
视觉告诉我,人间有太多的高低起伏

越过山顶,渐渐西斜的阳光
照在我的右脸上
一寸寸拉长我的影子
将我和龙山的草木,淡成暮色

昆仑寨

云山深处
峭拔如锥的山峰
高过我的仰望

有千军万马先于我抵达
长风高歌
凝成冷剑上的霜

寨墙长满藤萝
烽火台，点将台，废墟之上的
唏嘘，被草木掩映着

回归宁静
泉水滑入石壁上的青苔
只有风知道，古洞的幽深

白水湾栈桥

天朗气清。我在峰峦的浪谷里
接受阳光的指点,横渡
起伏在人间的真实和虚构

在栈桥上,并非只为观景
我用悬空的身体
对抗脚踏实地的陈规

栈桥轻微一晃,我即刻收回
贪婪的目光,回到脚下
稳住被悬空的身体

俯视人间
是一个美丽的深渊
对此,我们却浑然不知

玻璃不会融化

经验告诉我，如履薄冰

是规避深渊的翅膀

第三辑

皖河：流失的存在

西河随想

路过西河,我终于停下了行程
装作悠闲的样子,走下堤坝

春天准时到达西河
各色的花儿打造着自己的板块。其间的路
有着优美的曲折,向前后延伸

午后。我站在岸边
阳光洒落指间,在入水的刹那
偶尔能听到清脆的声响
但那条鱼儿肯定没有听到回音
只见树影又移动了一寸

一只水鸟被惊动
飞往对岸去了。一些无根之物
被水流卷走,没人打捞

这条从《水经注》流出的西河
静静流淌一千五百年了,还有着旖旎的青春
此时,我不敢临水相照
波光混淆了我的皱纹

水向东流
低处,是水的归宿
因为水,河床获得了灵魂

或许,我应该忘却什么
应该去学会聆听水声

回到西河

我再一次回来,与你的期待
不谋而合
正如你一直在我的窗前
我一直是你的一滴水

大地在流动
在桥上,向南
可以望见故乡的炊烟
高速路和旅人的辗转

流水,那么多的光芒
在闪烁
坡上的草木,叶上的寒露
延伸出一个辽阔的秋天

西河黄昏

暮色勾勒山川的轮廓
保持独特的平静
风也摇不动

故乡放牧的一条河流
还在奔跑,分出长长的明与暗
给予时间无限的意义

一群少年在打捞什么
我的贝壳丢在童年的沙滩
被水声带走

也有事物是带不走的
如我内心对应的这条河流
一如既往的明亮

在西河左岸

西河是故乡的留白
行走左岸的我，是西河的留白

夹岸的桃花早已谢过
河水依旧年轻，优美的流线
转入每一滴水的内心

潜游的鱼，是水声的留白
滩涂上，昨天暂居的候鸟
在飞往南方的路上，是天空的留白

我与一株苇草并肩而立
聆听微澜
平静，是时间馈赠给我的留白

五月的西河

到了五月,西河更加宽阔了
波浪有舒畅的纹理
流转的阴晴圆缺,悲欢离合
是一滴水的潮汐

没有一滴水会认出我
我所见的流水,还是旧年的模样
执着于一个方向,从不回头
把宽阔留给时间

在岸上行走久了
可以看见被搁浅的事物
河岸在弯曲
不是因为风的抖动

再退到远处,西河像一行行书

我深陷飞白里

不关心干涸

也不关心穿行夜色的流萤

漫步潜水河

流水并不丰盈
但我相信,流水也不会枯萎
一条河流的坚忍
像你走过来的日子

你在岸上
修葺被风吹折的事物,低矮的灌木
匍匐的野草,收藏了风声

你不再追赶时间
也不想被时间裹挟
你的执念,把下半生的诗句
交付在这里,渗透流沙

你是水命,倘若没有河流
将会失去安身之所

幸好得偿所愿，有河流陪伴你

你无鲜衣怒马
你可以在无尽的水声里
驰骋，消失

在潜河

我希望,所有的日子淡于水
淡于故乡的流水
激浪或微澜,都是你习惯了的

有一条河流陪伴你,多好
该流走的,你无法阻挡
流逝,是时间的启示

爱也爱了,恨也恨了
岸上永远有风景
桃花谢过,飘雪映衬季节之美

河流保持流淌的姿态
到达对岸
爱是最好的舟楫

白水湾

许是山水间的灵犀
潜水河在此拐了一个弯
群山环抱幽静
鸟鸣惊动林间阳光，明明暗暗

荷塘南岸。望岳楼心怀古意
在尘世一隅，望秦时明月
汉时的风吹过古岳
吹白了流水

栈道，有着曲折的暗喻
等待更多的脚步阅读
风景总在变换，飞瀑昭示
这世间还有最后的明澈

我不由得再次回望
一湾白水，芦花一样的秋天

独听神龙瀑

日子比瀑布流得更快
快得无法控制,只是这不绝的水声
拍醒了山谷细碎的念头

险峻的地方就是风景
供游客欣赏,流下来的水
回到太阳照射不到的低处

头顶上空的白云,漂移潭中
肯定也会在我的发间
作须臾的停留,不留声响

一块石头,等待在水汽中醒来
骨骼里长出一枝翠绿
摇曳水声,在悬崖之外

回望神龙瀑

它像仙翁的一缕白须

轻轻一捋，山谷又恢复了宁静

吴塘晓渡

两岸翠柳浮烟
泛舟的人已经上岸
走进千年前的山色里

一字形水花,闪过时间的剑锋
落差之美,让那么多流水
跌宕进生命的河床

晓渡禅寺的香炉前,三五个僧人
望着我们,无论怎么行走
我们终究只能走在一条岸上

谁带走了日出的心情?
微雨将临
为你洗去一路风尘

西津渡

只能是小憩,你仍想
多停留一会儿,抬头看天
你的脸庞,斑驳而明亮

石径也是。嘉木开枝散叶
幽静,一分一秒地加深
你陷落在这片青葱里,不想抽身

垂柳长发及腰
波光从水面上醒来
旧年飘雪,为你蹁跹

投迹归此处。那个仗剑走天涯的人
放下盛世江山
让后生仰慕了千年

无人问津的孤舟
因你的凝视，才不是摆设
这黑色的隐喻，直指对岸

走近皖河

皖河,皖河
任凭我怎么呼喊怎么走近
皖河只在逼仄处,赠予我流水的光芒

滩涂。葱茏掩不住的黄
与这个春天格格不入
我辨不清自己是在其中,还是在之外

岸上的禅寺
端坐着
想努力稳住尘世沸腾的声音

午后,一个人的皖河

尘世的荒凉,蔓延到这个季节的尽头
皖河不问深浅,不问冷暖
蜿蜒在午后的阳光里,一如当初
苍山读尽红枫,我读不懂
一滩裸石,曾经多少侠骨柔肠

河流之上。贯通四方的路桥
把每一个漂泊者送往故乡
落魄与荣归,都是光阴的平仄
炊烟起自母亲的灶口
像一卷经书,暗示所有的去向和归处

皖河滩涂上的黄昏

滩涂上空无一人,没有人想起
我枯坐在这里很久了

河床上闪烁细碎的光芒
时间的金币顺势流走

哗哗的响声
没有改变我的无动于衷

"那些没有被风带走的
也将被落日带走"

一句话刚出口
我就成了消逝的细节

徒步皖河

并不晴朗的初冬
我放弃乘车,徒步来到河边
一些熟悉的事物缭绕着,那些错落的村舍
怀抱寂静,坐在风中

旷野里弥散的气息
清如淡菊,一切存在的意义
因为消逝而弥足珍贵
那只白鹭飞起,向着我遥望的村庄

更远处,应该是皖河的源头
在我目力不能及的地方,草木葳蕤
繁花落英,在光阴里
起伏,波动,又如此安宁

皖河总把身段放到最低

低到草木的根须,和村庄浑然一体
水声坚持进入我的骨血里
让我改变不了浓重的方言

乌石堰

皖河的一道拦河堰
垒筑的石头，黑如煤矿石
仿佛随时都会燃烧

正如东汉的那个太守所愿
淌过这些石头的
流水，跳跃沸腾的水花

北岸，一群还乡人
站成一行树，把自己的身体
斜到河床上，流动清澈的影子

龙潭河

竹排靠岸泊着。我站在排头
向阳,仰面,春和景明
对于我来说,这是一个难得的意外
阳光翻耕我体内的荒芜

竹排陈旧如往事。我的影子
陷入黑,不留一丝痕迹
仿佛我不曾来过
裸露的一切,隐于水意

深潭在何处,我未曾见过
山民们相信潜龙在渊
一些细小的白花,开在山崖上
须细看才见,像时间的隐喻

站在河流之上,忘川,忘言

我想保持身体的平衡
看更多的水,与石头一一告别
因为逝水,河流获得永恒

双河口

从遗忘回到山村
那些灰瓦呈现暗郁之美
旧时风雨渐次折叠
又有序展开,像时光的经卷

水碓在老屋西边。木槽里的水
依旧循规蹈矩地流着
阳光斜进来,也看不到悲喜
墙角的那棵七叶枫,有点红

老屋的门开着,任由我们进出
"家里没什么东西值得拿"
那个婶子继续在洗衣
我下坡时,还是趔趄了一下

屋前,两条河流相约而来

从幽深到幽深
我惊异,同时踏进两条河流
反身上坡时,三棵古树向隅而泣

黄柏河

每一段都有一个姓氏
袁河，桂河，陆河，叶河
在时光的中心，每一滴水
都能照亮一个人的故乡

流入内心，我就拥有了湖泊
映照一些温暖的事物
譬如房舍，草垛，梯田，麦地
以及河流一样婉转的炊烟
都成为我生活的牧歌

在黄柏大桥，我伫望了好久
面对一溪曲折，我想起
昨夜的梦里
拾起母亲的一根白发

撞水潭

河道的转折处,横亘当中的山
最终未能改变流水的去向
越来越多的水
拒绝庸常,拒绝随波逐流

我看见水的骨子里
有其坚硬的部分
在时间里生出尖利的锐角

撞击,无尽的撞击
黄柏河在此分流
向东,向南,水声飞扬

90°的端点
撞水潭紧抱自己的江山

第四辑

皖村：完整的瞬间

薛家岗古文化遗址

站在祖先生活过的黑土地上
河流从身边流过
我静候一些遥远的事物
逐一袒露本质

以洞穴为家,身穿兽皮树叶的人
夜以继日地开垦蛮荒
种稻,狩猎,在陶器上彩绘
刻画一生短暂的风景
也在暗地里,为心爱的人雕琢玉器
心思细腻,像均匀细小的孔
透着玫瑰的芬芳

六千年过去,草绳绕住的往事
繁衍在平等自由的国度
十三孔石刀
告诉我远古文明的源处

痘姆陶

龙窑依坡而建,卧在山冈上
在五月,等待一场仪式
点燃体内的火
让每一粒尘埃浴火重生

以烈火为图腾的痘姆人
像故土的尘埃
接受一次次煅烧
成为陶,提升生命的品质

固化了六千年时光
远离的背影,近前的风声
都随内心的愿望
回到干净的釉色里

陶者

—— 兼致痘姆陶省级非遗传承人程栢全

原乡人，唱泥土的民谣
不可复制的单调，只有泥土懂得

一生的时光都在自己手里
大地上的变迁，可以视而不见
只要手里这一团泥土
变成皮肤的颜色，有掌心的温度

泥土熟了。光亮闪在眼里
一件件物什开始生成
装满生活的味道，如父兄的一壶老酒
母亲腌制的一坛腊菜

我想起生生不息的村庄
用一团火，述说对泥土的虔诚

就像龙窑里的那团火

把所有探望的人，照得热泪盈眶

因为火，泥土活得有模有样

人间是最大的龙窑

每一粒尘埃，在出窑的时刻

才看清自己的面目

程长庚故居

1

端凝一尊铜像
我试图听出一种声音

微雨斜于风中
一再凝重了青砖黛瓦
像铜像的神情
院子，方方正正的静

2

驿道，渡口，向北的风
越过一座座山峦
停在梨园里，一朵梨花开了
千万朵梨花开了

少年站在梨园里

把春站成冬,千万朵雪花飘落

3

远处有天风海潮

昭关,穿云裂石的声音

为英雄末路悲歌

"向前一步,为什么这样难"

粉墨舞台。一张张脸谱

看不清台下的人心

4

还是回到故乡好

一个以老井命名的村庄

梨花即将再度开放

比两百年前的那场花开,更盛大

我愿意,陪那个洗净脸谱的少年

坐在月色里

听老井汩汩而出的水声

张恨水故居（一）

黄土岭上。半亩方塘还在
流云倒映水中
澄澈，可见时间的影子

天井很小
你在夜色里打开天空
一颗星，亦寒，亦暖

一份山水相依的情怀
百年时光
把沧海一直走成桑田

油菜花盛大开放
一个背影立在中间
转身，向我走来

张恨水故居（二）

书屋也回到黄土里了
这断墙也没有告诉我什么
故事无从回放，我只能在想象中
让一段书香浸入时光

在身边的桂树下
你一定在这里望过天空
那些渴望的景象
一定游移过空明的视线

许多年以后，你活在星空里
望着一江春水东流
淌过那扇小窗。一池澄澈
照见你夜色里的笑容

一些物事正在消逝，这并不重要

在依稀的梦里,我还能听见

流萤与雪花的声音

渗入大地的内核,优雅地洇开

张恨水故居（三）

油菜花开出名字
一个人的内心藏有多少热爱
色彩就会有多灿烂
照亮天地间枯涩的部分

煤油灯就在案前
灯光，照亮过那段夜色
我没有擦燃那根火柴
这白昼，让我依附于无声的灯盏

仰慕的人群走进院子里
并未打破时间的寂静
透过木格窗，该绿的都绿了
风吹过的痕迹，留在菜花里

黄土岭

一个村子的名字,朴实如黄土
岭不高,大地微微一凸起
便有了田园的中心,可纳八面来风

又一次,我站在黄土岭上
麦地青青,菜花金黄,有着舒缓的弧线
一直起伏到我的身体里

有一种节奏感,春天的抒情
让那么多的渴望,在此获得回声
我和身旁的一棵樟树,头顶着一片蓝

当然会想起恨水先生,我相信他的胸上
有一块黄色胎记,像黄土岭一样黄
夜深时,一抚摸,就闻见油菜花的香气

梦水亭

坡地向阳，我瞩望荆棘山河
故人已随大江东去
留下六角亭，一个人的剑胆琴心
很容易让我想起落霞孤鹜

逝水如斯，不只在梦里
我此时不忍打扰阳光
与池水的亲密交谈
像岸上一棵垂杨，回味山窗

木椅还空着
等白了一场风雪
要等的人，非梦非蝶

走进野寨中学

时至今日,我找出了一段旧梦
山上有古木,林间有涧水
应了最好的宁静
鸟鸣,打开了春天的出口

吹黄秋天的风,潜回幽深处
跟我一起久久流连
被青翠笼罩,梦里细节
——得到具体的呈现

春天继续向上
那些看不见的消逝,看得见的生长
包括一些未知的事物
足以给我不再伤逝的安慰

在三月的构成里

我是墙上那一根青萝

向盛开的紫荆花，慢慢靠近

一个春天，依山傍水的清朗

浒山湖

天尚未完全放晴,我也不想仰望天空
高处的虚无,比浮云还轻
面对这一湖碧水,群山为之倾斜
昨夜沉落的星子,泛光清波上

峡谷千年的沉寂,草木一生的枯荣
被水光照亮,满眼的苍翠
随风逶迤,走向我低处的生活
我收起最后一朵孤云,开白净的花

无舟可泛,我可以专注湖面
一条山溪要经过多少跌宕
才能到达这里,每一滴水自带光芒
一想起所谓的远方,我就心生惭愧

长春湖

风正轻,三月迤逦而来
清新明丽,恰似一个名字
只轻轻一唤
便涟动一湖碧波

湖心小岛,有人在挖荠菜
聚精会神的样子
像四十年前那个少年
"用荠菜做饺子馅,有老家的风味"

亭子眼观六路
许多美好依次呈现
一枝柳条低垂着
风读懂了那些青色的词语

马安水库

初见,我就愿意称它为马安湖
相对于水库,这一片水域
更具湖的神采和品质

并不宽阔的湖面
狭长而曲折,有着无尽的纵深
这不只是吸引
波光粼粼的湖面,风吹过
一片流云已回到故乡

那个打马回乡的游子
把鞍放在山上
临水而坐,默念一首旧诗
星星回到乡愁里
一片幽蓝

板仓笔记（一）：夜宿板仓

最好半开着木窗
让风送来的水声，侧身而进

最好是关灯
水声可以照亮瞳孔

最好是失眠，想象那些白浪花
怎样漂红一块石头的肌理

也可以枕着水声
安然睡去

毕竟，这宁静
可谓是"物以稀为贵"

板仓笔记（二）：听溪亭

一方高台
一座六角亭，坐着我

夜色陷入峡谷。唯一的光亮
是飘在眼前的雨丝
暗处，一些影子弯曲起来

一些声音会照亮内心
高处流下来的溪水
正开放成一朵一朵白莲

我甚至可以忘记身在何处
坐拥阔大的寂静
看一座山怎样放下
肉身的沉重
献出一个新鲜的五月

板仓笔记（三）：东仓绝壁

千万年以后，一块巨石
能容下多少孤寂
一千仞，陡峭了对视的目光

在这人间的险境，那头走失的大象
临渊而立，低头吸水的样子
让人看见它对清流的热爱

这种热爱流于体内
滋养了石上的这些草木
让阳光有了绿色的居所

一些光阴留下来，像苔藓
湿润润的，有着
风也吹不走的温度

板仓笔记（四）：香果树瀑布

一条河流直立着
悬崖赋予它飞翔的姿态
俯冲，或是跃起，都有着晶亮的瞬间

我看见每一滴水
匿藏的风暴，正冲洗一些事物
破碎涣散的心

凝神于水，我站成一株静物
任盐粒一样的光芒
穿透内心盛大的阴影

在我的身后，香果树开花了
芬芳在水汽里弥漫
时光，恢复了完整的静谧

板仓笔记（五）：红河谷

天很蓝，一片红云飘过
顾盼一溪流水
河谷红了，像青山眉间的一点朱砂

像水袖舞出的桃花
掌心里的红豆

风从高处吹来，再低一分
便触到了河谷的心跳
一场花期在水声中烂漫
又静止于土

流水远去。石头停驻在河床上
坚守着天荒地老的盟誓
不肯离开

德馨庄

群山接受雨的晕染
流露丹青,时间行走的痕迹
再次呈现明亮的寂静

阳光贴进来,一些旧物什
看见自己的影子,记忆
在意念中,恢复最初的秩序

耕与读,由此启程
完成自己,在某地转身回来
把沧桑镶在青墙里

老屋侧耳聆听什么
官庄河的水声
流过石拱桥,往事安详

河畔,古樟看尽变迁

风穿过余荫

有人在树下跟自己对弈

杨家老屋

桃花开过。老屋略显清瘦
黑瓦上的阳光
洒到天井里，洒进花窗
一棵树站在小院里，听风说话

旧时光从巷道走出来
隔世的花朵响起
牌匾后面，荣耀的光芒
贯通悠长的寂静，微澜暗起

一切层次井然，时光矍铄有神
途经喧嚣和荒芜
始于一江春水
归于苍茫，群山寂静

"和村庄一同老去"

于人,也是一种奢望
屋前是砚池形水塘,以澄澈
写亘古经书,不着一字

古戏楼

春风唱着唱着,竹木就绿了
掩映着红墙黛瓦
院场开阔,等候看戏的人
我来了,等候角色登台

戏台高筑。三百年风雨
就是飘摇的世间
尘心犹在,前朝的雪花
停在飞檐翘角上,早已消融

雕梁画栋。那个青衣女子
莲步一轻移
就憔悴了晓风残月
杨柳岸,一段芳华远逝

生旦净末丑。悲欢离合在继续

我不知道自己是哪种角色

戏楼空空如也

或许,我只是一场悲剧的配角

万亩竹海

可以停止想象。一棵竹
就是一条直立的河流
可以远眺,五万亩的浩瀚
绿成磅礴的柔软

像我热爱的光阴
一点一滴,洗净身体里的隐痛
咫尺与天涯
都是一片中年的沧海

可以站着,与身边一棵竹
温文尔雅地交谈——
风必然吹过荒凉
万物在潮湿中醒来,生长

潮声涌来。绿浪替代山峦

大山依旧沉默

我继续热爱

时间的有限和无限

占庄老屋

挂在屋檐的阳光
似落非落,此刻不能准确描述寂静
时间去而不返,青草从石缝里长出来
一些声音正在来临

风起,谁踏响那一径落叶
木格花窗外竹影疏朗
走进绍荆堂,依稀可见乐道养怡的人
陈述过往的荣耀,内心的阴凉

读书声来自锄月轩
萦绕水榭,所有的善不负良人
从大门到大厅,铺满前尘
一切如初生

将就,姚鼐题的匾额

收拢了世间万象

当我自觉不自觉念叨这两个字时

四周已无声响

高楼大屋

村庄不大,也没有高楼
一个老屋的名字
不会因为时事变迁而更改

那个武举人一定很高大
这是一个村庄的需要
在一个需要武举人的王朝

我一介书生到此,徒生敬羡
一些聊以自慰的分行
像江湖上的浮萍,无处生根

屋前,四棵古樟依旧葱茏
在不绝的轮回中,不忘抚摸
屋上灰瓦,身下流水

葛家老屋

踏着青石小径,走进凝固的宁静
将军府还在,葛氏厅堂还在
一样的古朴素雅
"观察流芳",昭示内心的信仰

凝神,或是寻梦,墙已斑驳
记忆盘旋在灰白的天际
黑白之间,石阶上的苔痕
生发时光的暗香

风从明清来,一吹就是八百年
山峦退到身后
月形塘沉入岁月的底部
坚守一方安详的瓦蓝

洪庄老屋

这里曾经是一个家族的中心
在某些重大的日子,有过人语轻喧
穿过这明五暗七的厅堂
侧身经过照壁时,忍不住回头望了一眼
放在院子里的犁耙
书桌上还没合上的线装书

一群人带走了洪姓,认了他乡为故乡
一群人身带徐姓到了这里,然后躬耕南亩
读圣贤书,也读窗外的繁华
和路上的荒凉,书被风翻了一页又一页
也没有翻到最后一页的白纸黑字

一群不速之客来了
老屋还是那么正襟危坐
面对这种静默,我抑制内心的慌乱

走出深院,在一池清碧里
观照自己
身后的老屋像教堂一样

黄泥港

七百年后,水埠码头消失了
帆影带走了前朝的眺望

我伫立在长河北岸
水流潺湲,对我视而不见

大桥代替了渡口
匆忙的人,没有留下足迹

那棵古树站在那里很久了
此刻,我在它的注视里

小于院子里那棵小草
小于无

营盘巷

微雨歇了。阳光照进老街
有些斑驳的墙
显出古意,像一页泛黄的纸

走在深巷的人
游移成时间的一个标点
停顿的瞬间,我认出我的影子

营盘旧址,砖缝间长出的新叶
没有向我透露什么
一扇关着的门,不言不语

我没有遇见油纸伞
也没有遇见丁香一样的女子
但我相信,爱在这里生长

那些木板门的店铺

形容他们恋旧
我也词穷了
门总是开着的,在一隅脱落

他们自顾自地,忙着自己的活计
破篾,打铁,磨剪子理发
比我造作词句更纯熟

忘却的旧事再次发生
每一个日子的新
总是出自他们手里

因此,老街永远属于他们
而不属于我
我只能在这里,反刍光阴

五庙茶园行

过了采茶的季节,茶香还在
一万吨茶香,侵袭我

我幸运
我被醺醉了

忘记归途
是另一种归途

醒来,我在半山听蝉
一路拾掇流出深涧的水声

程冲古银杏

树梢上的鸟鸣
应该是来自这天空的蓝

夏日的风轻轻吹来
吹不老千柯万叶

千年的绿
涌进我的身体里

只在此处,我守候
一场金黄,一场白雪

且让它覆盖我
成为一粒湿润的尘埃

与时光,与这老屋发生
盘根错节的关联

弹腔亭

倚栏眺望,白云
飘过许家畈,飘过一座座村庄
远处有小调飘过来,这叫弹腔的乡音
婉转了两百年

青衣,走出回廊
山峦在身后绵延起伏
意犹未尽的是
相随而来的徽腔,京剧

我与这六角亭
是青衣将要唱出的音符

潘铺农庄

落日走到尽头。零星的霞光
散落在你的左右
果园森郁,果子安居枝头
田畴一直扩展到村庄

廊道现出时间的纵深
明与暗,正好改变你的张望
那些红荷点亮灯盏
绝不会让你走入歧途

格桑花开得很散漫
它的内心一定有寂静的欢腾
这反光的事物
与你的心情多么相似

而此时,鸟鸣稀疏

当夜色深下来,你会望见

在街头望不见的

那一弯弦月

海心谷

我常咀嚼这个名字
可以说是海之心,可以说是心之谷
再咀嚼,海心就是这山谷了
山谷就是这云海之心了

相遇已是盛夏,逃离沸腾的尘嚣
从峰回路转的漩涡中抽身
云端之上,风掠过山峦,掠过翻腾的世事
我倾心这万里清凉

惊鸿一瞥。高出云端的孤傲
峭立于自身的海拔
笃定寂寞,一千年,又一千年
抱紧内心的葱茏和斑斓

绝世芳华,像前生的情人

回到我身边,打理那些褪色的日子
当风吹白了人间,我还想在这里
听一场飘雪,随海心静于山谷

雾中登高

到海心谷时,人间只剩下浓雾了
山中事物难以辨认
如果以走过的路做参照物
不要轻易否定高处和低处的存在

站在木栅栏边,静一静
让一场雾漫过横起的皱纹
没有一粒灰尘沾在脸上
这暗合了我的内心,安静而湿润

山居,如草木间的流水
一滴水照亮生活
无法描述的美好,如心所愿
悄然失散的,不再让我茫然四顾

登高,于一片苍茫大雾中

望见蔚蓝,就望见了天空的透明
而后,走在返乡路上
田园那端,菊花开得金黄

天方慢庄

秋天深到竹篱小院了
我决定在此小憩
收回游离在旷野的心思
从蓄满风声的池塘里
抽回波动的幽蓝

我只想这样靠窗坐着
守着一格一格的静
沏上一盏绿茶
看叶片翻腾，缓慢上升
说着内心青色的话语
清凉的禅意

我决定在身体里，构建
一座庄园，种植绿茶
为使接踵而来的日子
不再毫无意义

卧佛农庄

微雨初歇。山谷吹来的风
打开一幅水墨
鸟鸣,落在卷轴的中心
古槐树站在村口,望着我

池塘是半月形的,青石岸
优美的弧线,让浮动的影像
一静,再静
直到另半个月亮升起
在遥望的山巅

天空装满岁月的风云
村庄笃定安详
山绿了,水亮了
一如我看见的慈眉善目

初到阅山居

天继续黑下去
雨丝缝合最后一段暮色
山退隐
我无从阅起

星星也不肯与我相见
湖心的小岛上
掌灯人点亮灯盏
望一眼湖面，夜色生动

比这更生动的是，回廊的尽头
一个伫立的背影
有风不时吹动发丝

可以忽略哪根是黑，哪根是白
夜色深到湖的底部
一切保持需要的完整

又到阅山居

我们又来了,趁这秋日的闲暇
可以不阅山水,不读草木
人间难得的晴天朗日

如这格桑花摇曳的心情
这山围水绕的世界
在一方明镜里,有层次的呈现

累就累了,俗人经常的事
执一壶浊酒,想醉倒
迎面而来的凉风,不说出醉意

钓者在湖岸上
站成一棵树的样子
观望光阴里的沉浮

回廊静如青色小砖

今天,我更想成为苔丝

粉墙裂出的细缝,有风穿过

槎水慢

最终,我们会回到想到的地方
庄园不必大,一盏灯笼
代替一棵银杏叙述,山村的风
在一方荷池栖居,冷暖自知

光阴,在水声的柔软里
草木葱茏,浸染世间的风霜
斑斓在梦里梦外
一条路,慢下了匆忙的脚步

在天方慢庄,观景,挥毫,品茗
在动静相宜的秩序里
不需要彩排,随心所欲
他们的脸上,从未有过明亮

雨声滞留在窗外

夜色照例来临
一个踟蹰的人,看到微亮的灯火
照出自己的心境

槎水古银杏

小路弯曲地通向村庄
一幅油画
立在秋天的废墟之上

一棵树藏有多少热爱?
无法泯灭的金黄
正照亮曾经熟悉的房顶

我的遥望
与山脉
一同连绵起伏

一片叶子落下来
俯贴故土
响起时间金色的风声

永镇桥

我从远方赶来
桥还是当初的模样
没看见筑石架桥的人

单孔流着如水的光阴
漫过石上苔痕,过亭还在
安歇南来北往的风尘

古树的记忆
留于风中,一些人远行
一些人归来

背影之后
寂寥比路还长
落进匍匐的秋草里

访古的人也来了
试图打开一颗匠心
却始终未能打破它的沉默

二百年了,躬身为路
为每个日子打开生活的通道
注定一生遇见的都是路人,也是故人

天镜佳园:爱情居住的地方

水岸是圆形的,优美的弧度
恰如一方水域的抒情

注视的方向
此时有花香飘来

一对恋人坐在三生石上
以天为镜,看见玫瑰花开的笑脸

庭院开阔。回廊里的呢喃
比月光还轻柔

篝火在燃烧,照亮前世的缘
来生的情

给今生的爱一个居所
直至忘记身在红尘

卧龙山庄

群山之间,那条龙已静卧千年
隆起那么多的苍绿
阳光起伏在草木之上
照见一个个平庸的日子

墙上,青藤一样的光阴
缠于秋日的窗口
吹过山坳的风
拂动倚窗的一次远眺

峡谷的纵深处,只有响水河
一再放低自己的身段
流向尘世的低处
让夜色有了明亮的线性

痘姆,初见亦是故人

大别山绵延至此,峰峦也温婉了
季节匆匆,风声来了
又走了,似乎没有改变什么
唯有恬静,让我不再为消逝而伤感

从吴塘古渡到神仙洞
乡村和时间的光影一样
不曾冲动过,一片茶叶提醒我
春天一直在生活的杯盏里

初见亦是故人。炊烟和阡陌
构成乡村的经纬,远山,河流,草木
有着恰到好处的淡墨
黑与白,剔透一棵古银杏的守望

我不必寻找一句宋词

在龙窑的黑陶里,读一个乡村的
前世今生,分明如黛瓦白霜
故人来,墙角的梅花就要开了

仙驾一小时

仙人来过这里,画了一幅水墨
就腾云驾雾走了
我也来过这里,什么也没留下
面对恬静,我的溢美之词还很肤浅

一小时的逗留,我只记住了
年复一年的绿
没待我走进农家小院
就开始了下个景点的采风

我们一再陷入日程安排
在村庄的眼里
我们都是行色匆匆的人
一想起粮食和果蔬,我就愧疚

村庄离我越来越远

而此时,葡萄园的青藤开始挂果
我所谓的诗句,早已迷失在
暮春的一场微雨中

在痘姆看油菜花

对于乡村的赞美,我们远不及眼前
这大片大片的花海

油菜花把风荡涤得金光闪闪
能与之匹配的,只有天空无涯的蓝

山峦,只此青绿
把春天送到更远处

我是从那远方辗转归来的
在痘姆,我的心跟着花海起伏

炊烟,落日,那个少年的笛声
就在此刻重回到我的掌心

官庄桃花园

微雨过后,打破深山宁静的
绝是这无拘束的桃花了

山林,鸟鸣,风中的目光
无不受其感染

这古典的粉红,甚于诗经的吟唱
我更愿意在阳光下,倾听

花开的声音
花落的声音

河流从深处流进深处
带走一座村庄的荒凉

天柱山茶园

茶园开阔。妹妹唱的采茶小调
越过山顶了,还这么绵长

这些被云雾氤氲过的
嫩叶,比我想象得更柔软

比我更懂得时令,只要不错过
生活总是令人回味的

春风吹拂
多么缓慢的时刻

我愿意交出,我体内
最后一片澄澈、寂寥的微光

水吼程湾行：还来就菊花

大山让出开阔
金丝皇菊打开内心的晴空
开出烂漫的金黄，偌大的一片
像时间铸成的太阳

在程湾，我和村庄一起
被这无尽的光芒照亮
那些柔韧金丝，让我想起观音伸出的
一千双手，托住欲坠的灵魂

开在不同季节的花
都有各自的姿态和芬芳
花开的路径，弥漫生命的气息
也漫向身后的荒凉

秋风过境，还来就菊花
就这一方静谧，暮色和流水

印象西河村

龙山一直在游走
深处是流水的呼吸,草木绿了又黄
山居的日子连绵起伏

房舍散落在山坡上
在村庄的内部,老木窗开着
那些旧物什静立一隅

攫取我的目光,恍惚间
煤油灯突然亮起来,亮过我童年
数过的那盏星光,暖意在体内升起

一个父亲坐在老屋旁
着一身黑衣,把白墙衬得很白
沉默,令人耳鸣

"消失比存在更永久"
那些温红的石头,接受阳光的照射
镀亮滑过额上的水声

到程湾采菊

秋天的豁口一旦打开
月亮湾就开阔了
你走出东晋那道竹篱
现身这无尽的金黄,像一首诗
跳出清冷的意境

你明显感到,风经过身边时
不自觉放缓了脚步
你的气息在弥散,所到之处
菊花为你盛开,明晃晃的光阴
让陈年的雨水泛起金光

现在,你手里捧着菊花
远道而来的暮色
深邃而生动
隐在花香里的水声
恍若你平静的叙事,或抒情

黄柏乡村速写

打开埋在地里的心思
分离一季淀粉
时光就有了粉丝腻滑的温软

一个父亲从面坊里走出来
在竹竿上晾晒挂面
把一个个日子整理得有条不紊

像瀑布静于深潭的内心
鸭子追逐流水,不知疲倦
也不在乎冷暖,爱着细水长流的生活

黄昏的松树下

他们站在路边的松树下
说同一种方言
说松果在红泥小火炉里，噼啪作响
烟火熏黑了小手

黄昏从小路的那边赶来
停在他们身边，便不再向前走了
远处的灯盏开始亮起
在他们的眼里，闪烁

他们没有说起文学
尽管他们写了好多的文字
写作是一件危险的事，快意很短暂
而对痛苦的再度体验，很要命

他们只谈故乡

说皖河不只是一条河流

当晚风再次吹过来,他们的影子

簇在一起,隐进那片松树林

今天,故乡正深情以待

通向故乡的路
也通向春天的出处

秋的来路上,随处可以听到乡音
这足以让归者忘记
远处的风景,近处的人生

池塘平静,鸭子无忧无虑的样子
让岸上的观者羡慕不已
身后的田畴,空出最大的辽阔
成为还乡的背景

青藤缠绕墙上的光阴
鸡冠花开了,像母亲点燃灶膛的火
香喷喷的味道,氤氲整个小屋

村口的古枫就要红了
当风吹遍尘世,所有的疲惫
在故乡得到炊烟的抚慰

就像今天,对所有的到来
故乡正深情以待